MARIE POTVIN

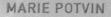

Zoélie

l'allumette

2. LE FAUTEUR

DE TROUBLES

SODEC
Québec ::

Gouvernement du Québec – Programme de crédit d'impôt
pour l'édition de livres –   Gestion Sodec

© Les éditions Les Malins inc.

info@lesmalins.ca

Éditeur : Marc-André Audet
Éditrice au contenu : Katherine Mossalim
Auteure : Marie Potvin
Directrice artistique : Shirley de Susini
Conception et mise en page : Shirley de Susini
Illustratrice : Estelle Bachelard
Correcteurs : Corinne De Vailly, Fanny Fennec, Jean Boilard

Dépôt légal – Bibliothèque et Archives nationales du Québec, 2016
Dépôt légal – Bibliothèque et Archives Canada, 2016

ISBN : 978-2-89657-363-9

Imprimé au Canada

Nous reconnaissons l'aide financière du gouvernement du Canada
par l'entremise du Fonds du livre du Canada pour nos activités
d'édition.

Les éditions Les Malins inc.
Montréal, QC

Pour
Thierry

Table des matières :

Chapitre 1

Ça y était presque...

Cléo se tient à l'entrée du cimetière. Il hésite.

Moi, je suis sur le trottoir pour l'encourager.

Mon cœur bat à tout rompre. J'ai tellement envie qu'il puisse déambuler avec moi dans la ville. Nous aurons l'été entier pour explorer les

environs et lui faire découvrir
ce que le monde est devenu !
Plus de cent ans ont passé
depuis sa mort.
Il ne connaît pas les voitures,
ni la télé, ni Internet, ni les
magasins remplis de choses
fascinantes !

Pour tenter de comprendre
l'époque que Cléopold a
traversée, j'essaie de me
rappeler les histoires de

mon arrière-grand-mère

Thérèse. Elle est née en 1925,

pas si longtemps après la

disparition de mon ami.

Elle me racontait que pour

Noël, elle recevait une orange.

Une

ORANGE !

Le plus

atroce

cadeau du

monde. Elle avait bien ri de

ma réaction. J'étais horrifiée.

Elle m'avait révélé que
pour elle, c'était un trésor.
« Nous n'avions rien ! », me
disait-elle souvent. Dans ma
tête de fille moderne, c'est
inimaginable.

Cela explique pourquoi
Cléo était si impressionné par
la *slush* à saveur d'orange.
Maintenant, s'il est capable
de sortir et de visiter le
monde moderne avec moi,

je vais lui en mettre plein la vue. S'il peut enfin se décider à avancer... *Grrrr...*

Ange, dans son éternelle robe jaune, se tient derrière mon meilleur ami, toujours figé sur place.

– Allez, Cléo, c'est looooong...

Il fronce les sourcils, les mains sur les hanches.

– Hé ! Ça fait plus d'un siècle que j'attends ce moment. Quelques minutes de plus ne me feront pas mourir !

Il est comique, mon Cléo. Il ne rate pas une occasion de faire une blague sur le fait qu'il est déjà mort depuis longtemps.

– OK, OK, mais grouille-toi ! MOI, je suis encore

mortelle, j'ai une date d'expiration.

Ce à quoi il répond sans hésiter :

— Quand tu seras morte, on pourra explorer la Terre entière ensemble.
Nous volerons dans les airs, main dans la main, dit-il en regardant le ciel, l'air rêveur.

C'est une façon bizarre de voir les choses…

— Très drôle ! Allez, gooooo !

Il observe Ange qui lui sourit de son air bienveillant.

— Le pire qu'il puisse arriver, c'est que tu te dissipes ou te transformes en boule de lumière, affirme-t-elle.

Pas très rassurant. C'est comme me dire : le pire qu'il puisse arriver, c'est que tu perdes connaissance.

Je n'aime pas tomber

dans les pommes, pas plus

que Cléo ne doit aimer se

« dissiper » quand il n'en a

pas envie.

— Si je me place près de

toi, est-ce que tu crois que ça

va t'aider, Cléo ?

— Oui, c'est une bonne

idée ! m'encourage Ange.

Une dame passe, elle ne voit que moi. Elle me dévisage avec un petit sourire, l'air de dire « Oh, une folle qui se parle toute seule ! » J'essaie de l'ignorer. Ce ne sera pas la dernière fois qu'on me regardera comme si j'étais cinglée. Je ne sais pas encore si les gens percevront Cléo ou si je me promènerai avec « l'homme invisible » !

Ce sera à découvrir avec le temps : peut-être que ceux qui sont sensibles le verront, les autres pas. J'ai hâte de savoir.

Puis, alors que Cléo prend son élan pour faire un pas sur le trottoir, ses yeux deviennent gris acier, presque noirs. Il serre les poings et les lèvres.

– Zoélie, reviens dans le cimetière, dit-il gravement.

– Quoi ? Pourquoi revenir ?

Une voix dans mon dos me fait frémir d'une façon très désagréable.

– Salut, l'allumette !

Baptiste Biron est derrière moi. Je n'ai pas besoin de me retourner pour le savoir.

Sa seule présence me glace le sang.

Chapitre 2

Limite à franchir

Exaspérée, j'avance lentement vers les arbres qui délimitent le cimetière. Si tout va bien, Baptiste se rappellera qu'il s'était fait la promesse de ne plus jamais y mettre les pieds. Malheureusement, stupide comme il est, je doute qu'il s'en souvienne.

Que fera Cléo ? J'ai presque

peur de sa réaction devant

mon ennemi ! Je ne sais

pas encore jusqu'où il est

capable d'aller avec ses

pouvoirs. Depuis que je le

connais, je vais de surprise

en surprise. D'ailleurs, Ange

semble s'être évaporée. Zut,

je l'ai manquée, j'aurais aimé

voir comment elle faisait

ça. Où va-t-elle quand elle

disparaît ? Peut-être veille-
t-elle sur nous sans se faire
voir ? Qui sait ? Ah !
ces fantômes…

Mon ami regarde la
bordure du trottoir à ses
pieds, puis il pose les yeux
sur Baptiste. Ce dernier
fronce les sourcils et regarde
droit vers Cléo !

Est-ce qu'il sait que Cléo
est devant lui ?

– L'allumette ! Tu t'en allais où ? demande-t-il en détournant son regard vers moi, ignorant complètement la présence du fantôme.

Il ne perçoit donc pas Cléo ? Il ne voit pas ses cheveux blonds et son visage angélique ? Ils sont pourtant nez à nez. Tout ce qui les sépare, c'est ce mur invisible entre le cimetière et

le trottoir, que Cléo n'a pas
encore osé franchir.

S'il le voyait, Baptiste
aurait tant à dire sur
l'apparence de mon ami.
Il pourrait rire de sa chemise
trouée, de ses pantalons
trop courts et de ses pieds
nus. Baptiste ne manquerait
jamais une telle occasion
de faire des commentaires
blessants, d'autant plus

qu'il s'agit de l'ami de
« l'allumette ».

Je suis nerveuse : si
Baptiste ne fait qu'un tout
petit mouvement, il touchera
le visage du fantôme.
Aura-t-il un genre de
décharge électrique, comme
ce fut le cas pour moi ? Cléo
se dissipera-t-il pour ensuite
mettre encore plusieurs
jours (peut-être même des

années!) pour réapparaître? Ça, je ne le supporterais pas. Je ne peux pas courir le risque.

— Cléo, éloigne-toi! Il n'en vaut pas la peine!

Baptiste éclate de rire.

— À qui parles-tu, l'allumette? Qui est Cléo? Aaaaah! En plus d'être maigre et d'avoir les oreilles en portes de grange, tu as un ami imaginaire ? Je ne devrais pas être surpris, c'est la seule façon pour toi de parler à quelqu'un. Personne d'autre ne voudrait de toi, évidemment !

– Va-t'en, Baptiste Biron ! Tu n'es pas le bienvenu ici ! dis-je, me surprenant moi-même par mon aplomb.

En temps normal, je me cache comme une mauviette

quand Baptiste est dans les

parages, surtout lorsqu'il

déblatère et profère autant

de paroles cruelles. Je n'ai

pas une once de courage

pour me protéger moi-

même, mais comme il s'agit

de le faire pour mon meilleur

ami, là, ce n'est pas la même

chose. Je me transforme en

tigresse.

Mais Baptiste ne bouge pas, il continue de rire.

– J'ai dit : fous le camp !

J'avance vers lui d'un pas assuré. Je n'ai jamais agi comme ça de ma vie entière ! Cléo tente de se placer devant moi, mais au regard que je lui lance, il comprend vite qu'il doit me laisser prendre les choses en mains.

– La rue ne t'appartient pas ! rétorque Baptiste.

Crotte de colibri ! Voilà exactement pourquoi j'hésite toujours à me défendre. Je suis trop facilement à court d'arguments ! C'est vrai que la rue ne m'appartient pas... Que répondre à ça ?

– Ben... euh...

Avec son air hautain que j'ai tant appris à reconnaître

et à détester, il m'imite d'une

voix très haute :

– Ben... euuuuuh !

– Attire son attention,

Zoélie ! suggère soudain Cléo.

J'essaie de ne pas trop

tourner ma tête vers lui.

Je ne veux pas que Baptiste

me voie exécuter un

mouvement bizarre.

– Que vas-tu faire ?

(Je chuchote fort, comme
si Baptiste ne pouvait pas
entendre... Je suis ridicule !)

– Qu'est-ce que je vais
faire ? demande Baptiste.
C'est dommage, je n'ai pas
mon papier sablé.

Baptiste pense que je
m'adresse à lui parce qu'il ne
peut pas voir que je parle à
Cléo !

— Je ne te parle pas !
Je réfléchis.

— Tu n'as pas d'arguments
pour me faire partir d'ici,
l'allumette ! Et pour réfléchir,
ça prend un cerveau.
Malheureusement pour toi,
tu n'as qu'une tête de soufre,
comme une vraie allumette.

— Mais j'entends les
Chinois en Chine grâce à mes

grandes oreilles, souviens-toi !

– Tu es géniale, Zoélie !
m'encourage Cléo,
maintenant près de moi
(le plus près qu'il puisse l'être
sans sortir du cimetière).
Ne te laisse pas
impressionner. Continue à le
faire parler. Je vais essayer
quelque chose.

Pour lui indiquer que j'ai bien compris, je lui fais un petit signe de la tête, juste assez discret pour que Baptiste ne le perçoive pas.

— Hé, Baptiste, as-tu peur des coiffeurs ?

Tellement BOF comme question ! Ah ! comme j'aimerais savoir être plus méchante. Ce n'est pas dans ma nature, visiblement !

Ce n'est pas facile
d'attaquer Baptiste.
Contrairement à moi,
ce dernier n'a pas de
traits physiques qui se
démarquent. Il est grand
mais pas géant, pas trop gros
ni trop maigre, il n'a pas un
trop grand nez, ni de grandes
dents. Certaines filles de
ma classe le trouvent même
beau garçon. Je ne peux donc
pas l'insulter de la même

manière qu'il le fait avec moi. De toute façon, salir les autres en s'en prenant à leur apparence physique, ce n'est pas mon genre. Ça blesse tellement que je ne veux pas le faire subir à qui que ce soit, même à Baptiste Biron. Pourquoi m'abaisser à son niveau ?

— Non, je n'ai pas peur des coiffeurs, pourquoi ?

– Ça ne paraît pas !

Il éclate de rire.

– Viens-tu d'essayer de m'insulter au sujet de mes cheveux ? Tu n'as vraiment rien de bon à dire, hein, l'allumette !

Crotte de chimpanzé, il a encore raison. Je suis totalement sans munitions.

Soudain, mon attention dérive vers Cléo. Pendant que je me concentrais sur ma querelle avec Baptiste, il s'est avancé sur le trottoir. Il a réussi. C'est génial ! Cela veut dire qu'Ange avait raison d'avoir confiance. J'aimerais qu'elle voie ça ! Nous sommes désormais assez forts ensemble pour qu'il ne se transforme pas en boule lumineuse dès qu'il passe les limites du cimetière !

La grande question, maintenant, c'est de savoir si Cléo sera visible ou non pour Baptiste.

Chapitre 3

La rencontre

– Hé, laisse mon amie tranquille ! menace Cléo.

On dirait que le timbre de sa voix a changé. C'est peut-être juste dans ma tête. Tout le reste est pareil : ses vêtements, ses cheveux, son visage, mais sa voix, ouille !

Il me semble qu'il parle comme s'il était plus... fort !

La question reste : est-ce que Baptiste l'entend ?

Je ne suis pas certaine de le souhaiter. J'ai un peu peur que ce soit le cas. Je ne veux pas qu'il arrive du mal à mon ami.

Baptiste se fige et se retourne lentement.
On dirait qu'il craint ce qu'il

pourrait découvrir derrière lui. Avec raison ! Baptiste ne le sait pas encore, mais Cléo est très protecteur et... imprévisible !

— Est-ce que... tu vois... le garçon ?

Crotte de lapin ! Pourquoi ai-je posé une question aussi idiote ? S'il le perçoit, il me trouvera bizarre, et s'il ne le voit pas, il me prendra pour

une folle. Dans les deux cas,
je suis cuite !

— Oui, dit Baptiste, plus
songeur qu'à son habitude.

Je ne l'ai jamais vu faire
une telle tête. Il dévisage
Cléo, le scrute de la tête
aux pieds, mais ne dit
rien. J'attends sa première
raillerie au sujet de ses pieds
nus et sales, de sa chemise
déchirée, ou de ses cheveux

mal coupés. Mais Baptiste ne relève aucun de ces détails. Il est bouche bée devant ce garçon blond qui sort de nulle part.

— Je t'ai déjà vu. Je ne me souviens pas où, mais ton visage ne m'est pas inconnu...

— Impossible, répond Cléo. Moi, je n'ai jamais vu ta face

avant et j'espère ne jamais la revoir !

— C'est ce qu'on verra, réplique Baptiste.

Puis, il jette un long regard sur les pieds nus de Cléo.

— Juste une chose :
ne viens pas fouiller dans mes poubelles, elles sont trop bien pour toi !

À ces mots, le visage de

Cléo se métamorphose.

Ses yeux passent du bleu au

gris, au noir, puis au rouge !

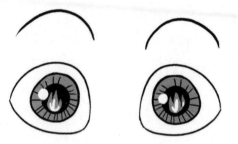

Oh mon Dieu !

On dirait un dragon qui va

se mettre à cracher du feu

dans les instants qui suivent.

Devant l'allure effrayante

et surnaturelle de Cléo,

Baptiste recule et tombe sur

le trottoir. J'ai moi-même

peur, pour être honnête.

Je ne savais pas que Cléo

pouvait se transformer en un

être aussi terrifiant.

– Cléo… Calme-toi !…

dis-je, d'une voix aussi douce

que possible.

– C'est… quoi… ce… monstre… ? geint Baptiste.

Je n'ai jamais vu mon ennemi aussi apeuré. J'ai presque envie de laisser Cléo le mordre. *Gni ! Gni ! Gni !*

Mais je me ravise. Cléo ne peut pas ainsi montrer à Baptiste qu'il n'est pas vivant. Il faut que j'intervienne à tout prix.

– CLÉO, ARRÊTE !

Mon ami ne se calme pas, au contraire. Mes supplications ne suffiront pas. Je dois trouver autre chose. Mais quoi ?

Sans réfléchir, je m'élance pour le repousser juste avant qu'il ne touche à Baptiste. Le choc sur ma peau est terrible. La vibration brûlante part de la paume de ma main, se poursuit

dans mes bras, mes épaules,

jusqu'à mon cou. Mon cri

résonne dans ma tête et

m'irrite la gorge. Oh non !

Cléo va se dissiper comme

la dernière fois et je vais le

perdre !

Le ciment du trottoir

est rude lorsque j'atterris

durement au sol. Ma chute

et mon hurlement calment

le monstre de façon presque instantanée.

Comme par magie, Cléo secoue la tête et reprend vite sa forme normale. Il ne s'est pas transformé en boule de lumière. J'en suis soulagée. Ses iris passent du rouge au gris lorsqu'il pose son regard sur moi.

– Zoélie! Ça va? Je suis désolé! Je ne voulais pas te

faire de mal ! Tu sais qu'il ne faut pas me toucher.

– Je sais… mais… ça va, j'ai… juste… un peu… mal… à la hanche.

Il s'en fait pour moi, réellement.

– Je suis VRAIMENT désolé !

– Ne ne t'en fais pas, dis-je, avec un sourire ému.

Ça me touche que Cléo

s'inquiète pour moi.

– Qu'est-ce qui vient

de se passer ? demande

Baptiste, dont j'avais oublié

la présence.

Aussitôt, Cléo pointe

les souliers de Baptiste.

Pourquoi il fait ça ?

C'est bizarre…

— Baptiste, je peux tout
t'expliquer, dis-je,
en désespoir de cause.

Tant pis. Maintenant
qu'il a vu ce que peut faire
Cléo, c'est trop tard. Mais
si Baptiste est si effrayé,
pourquoi ne s'enfuit-il pas
à toutes jambes ?

— M'expliquer qqqquoiiii ?
Que ce garçon est un
monstre ? Et pourquoi est-ce

que je ne peux pas partir ?
On dirait que mes pieds sont
collés au sol !

Ah ! C'est ça que Cléo a fait
quand il a montré les souliers
de Baptiste ! Bien joué !
Comme ça, j'aurai la chance
de le forcer à comprendre ce
qui se passe et à ne pas aller
alerter ses parents.

Sans parler, Cléo lève les
deux mains vers lui.

– Qu'est-ce que tu fais,
Cléo ?

– Je lui fais oublier ce qui
vient de se produire !

– Tu peux faire ça ?

– Je ne sais pas, mais
ça vaut la peine d'essayer !
répond-il. Déjà que j'ai réussi
à lui donner la nausée et à
coller ses pieds au sol,
je peux peut-être jouer avec

sa mémoire ! Au moins celle des dernières minutes.

Je ferme les yeux et je croise les doigts. Il faut que ça fonctionne. Il le FAUT !

Chapitre 4

Le remède miracle

– Je t'ai déjà vu, affirme Baptiste en scrutant Cléo. Je ne me rappelle pas où, mais ton visage ne m'est pas inconnu...

Wow, c'est extraordinaire ! L'expression de Baptiste nous indique qu'il ne se souvient de rien des derniers événements, il a même répété sa dernière question. Ç'a fonctionné ! Cléo est capable de jouer avec la mémoire des gens !

— Je ne crois pas que tu m'aies vu avant, se contente-t-il de répondre.

Bravo, Cléo !

Mon ami est un champion. Il vient de sauver la situation. Je sais qu'il a envie de provoquer mon ennemi, mais il se retient. Au lieu de se laisser emporter par la colère, il me consulte du regard.

– Tu veux qu'on aille se balader un peu dans la ville ? J'aimerais bien faire un peu d'exploration. Il y a un bout de temps que je n'ai pas pris l'air...

Je souris au sous-entendu. Si « un bout de temps » signifie plus de 100 ans, alors, allons « prendre l'air »...

— Hé, pas si vite, intervient Baptiste.

— Qu'est-ce que tu veux, encore ?

Oooh que je suis brave depuis que je ne suis plus seule devant lui.

– Je veux savoir qui tu
es ! demande-t-il à Cléo.
Pourquoi es-tu habillé
comme un vagabond ?
L'Halloween, c'est dans trois
mois !

Cléo me dévisage, il ne sait
pas trop quoi répondre.
Je ne sais pas quoi lui
suggérer. Comment
expliquer à une grande-
langue comme Baptiste

Biron que Cléo porte tout simplement les vêtements qu'il avait au moment de sa mort ?

Comment se débarrasser de Baptiste de façon efficace... ? Ah ! voilà ! J'ai une idée !

— Cléo, tu n'as pas un peu la nausée ? Il me semble que j'ai mal au cœur. Pas toi ?

Mon ami me fait un petit sourire en coin. Il a compris. Une autre petite séance de haut-le-cœur s'annonce pour notre ennemi.

Cléo fixe Baptiste droit dans les yeux, la mâchoire serrée.

— Hé, le grand nono, qu'est-ce que tu regardes, comme ça ? s'exclame Baptiste. Tu veux ma photo ? Aaargh !

Mais qu'est-ce que j'ai à me sentir aussi mal, tout à coup ? Est-ce que c'est toi qui me fais ça ? Ça doit être parce que tu pues le vieux fromage pourri !

Cléo éclate de rire.

— Tu sais comme moi que je ne pue pas.

— En tout cas, c'est toi qui me rends malade ! s'écrie Baptiste.

Cléo se frotte le menton, faisant mine de réfléchir.

— Comment pourrais-je être la cause de ton mal ? demande-t-il, l'air songeur. Tu crois à la magie, *grand nono* ?

— Non ! Ce ne sont que les idiots qui croient à la magie ! réplique Baptiste en grimaçant de douleur.

Mon ami croise les bras
et se contente d'examiner
Baptiste, qui se plie en
deux, prêt à dégobiller son
repas. Baptiste, maintenant
vert, me lance un regard
qui me fait pitié. Je ne peux
m'empêcher de me rappeler
ma dernière gastro-entérite.
La sensation était vraiment
désagréable, je pensais
mourir sur place. Lorsque
je vois les veines du cou

de Baptiste se gonfler sous

l'effort qu'il fait pour se tenir

debout, je n'en peux plus et

j'interviens :

— Arrête, Cléo ! Il est vert !

— Ne t'en fais pas, Zoélie.
Ça ne durera pas longtemps.

Oh, mon Dieu, si ça

n'arrête pas très vite, c'est

moi qui aurai la nausée !

– S'il te plaît, plaide Baptiste, tombé à genoux sur le trottoir.

– Allez, Cléo, laisse-le... Je t'en prie.

– Tu vas cesser de faire du mal à Zoélie ? demande-t-il.

Baptiste secoue la tête. Il ne croit pas que Cléo soit vraiment celui qui le rende malade. Je ne le croirais pas non plus à sa place.

C'est trop absurde ! Pourtant, c'est la réalité.

— Tu peux faire cesser ma nausée ?

— Oui, promet Cléo.

— Et ce mal de tête ?

— Oui.

— Je ne te crois pas, t'es trop jeune pour être médecin ! rétorque Baptiste,

toujours grimaçant de
douleur.

— J'ai peut-être un remède
miracle, qui sait ? Tu promets
d'être gentil avec Zoélie ?

Baptiste marmonne
quelque chose d'inaudible.

— Quoi ? insiste Cléo. Je ne
t'ai pas entendu !

— Oui ! Je le promets !

– D'accord, viens, Zoélie, partons, dit Cléo en marchant devant moi vers la rue Principale.

Puis, il jette un dernier regard sur Baptiste.

– Merci pour la promesse, mais je ne peux rien pour ton mal, puisque je ne fais pas de magie et que je ne suis pas médecin.

Je regarde Baptiste, toujours tordu de douleur et Cléo qui déambule en sifflotant, les mains dans les poches. Je trottine derrière lui, en panique.

— Cléoooo ! Tu as oublié de soulager Baptiste.

— Je n'ai pas oublié. Il va s'en remettre une fois que nous serons loin, répond mon ami. Il ne faut pas qu'il

sache que j'ai des pouvoirs,
rappelle-toi. Plus vite nous
partons, plus vite il guérira.

Il a raison, il ne peut pas le
guérir sur commande, sans
quoi Baptiste se douterait
de quelque chose d'anormal.
N'empêche que j'ai du mal
à laisser le garçon plié de
douleur sur le trottoir.
Je marche derrière Cléo
sans quitter Baptiste des

yeux. Lorsque, finalement, ce dernier se relève, je me remets à respirer librement.

Chapitre 5

Comment attacher un fantôme?

Cléo ralentit le pas en découvrant l'action de la rue Principale. Il y a des cônes orange et des hommes vêtus de dossards qui contrôlent la circulation. Un monstre jaune creuse un grand trou dans la rue avec sa pelle mécanique.

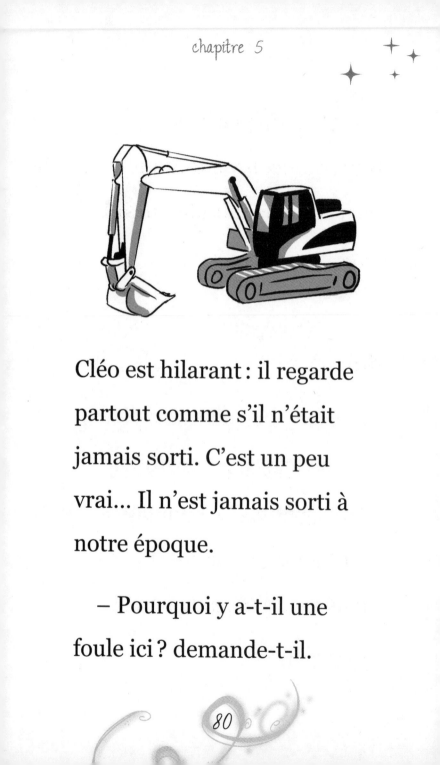

Cléo est hilarant : il regarde partout comme s'il n'était jamais sorti. C'est un peu vrai... Il n'est jamais sorti à notre époque.

– Pourquoi y a-t-il une foule ici ? demande-t-il.

– C'est une ville touristique, il y a toujours beaucoup de monde durant l'été.

– Touristique ? Ça veut dire quoi ?

– Les gens viennent ici pour le plaisir, pour visiter, parce qu'il y a les montagnes. Nous avons aussi de belles boutiques, de beaux restaurants...

– En tout cas, en 1903,
il n'y avait jamais autant de
monde. Et si ce n'était de
l'église, je ne reconnaîtrais
absolument rien ! s'exclame-
t-il. Où sont passés les
chevaux ?

Sa question me fait
sourire. Je sens que je
vais recevoir une liste de
demandes très bizarres.

— Il y a quelques chevaux pour les promenades de touristes. Les autres sont sagement en train de brouter dans des prairies. Ce que tu vois là, ce sont des automobiles.

— Mais comment font-*ils* pour avancer ? Avez-vous remplacé les chevaux par des chiens que vous gardez à l'intérieur des automobiles ?

Je sais que les chiens de traîneau sont très forts...

Je secoue la tête en riant.

– Ce n'est pas « ils » mais « elles ». On dit « une » automobile. Mais non, il n'y a pas de chiens. Sous le capot de chaque automobile, il y a un moteur.

Soudain, une ampoule semble s'allumer dans son regard.

— Aaaaah je me souviens, maintenant. Le notaire en possédait une, dans la ville où se trouvait mon orphelinat. Mais sa machine n'avait pas l'air de ça !

Seigneur, il parle comme mémé Thérèse. Elle aussi disait « machine » pour dire voiture.

— Où se trouvait ton orphelinat ?

— Saint-Jérôme, dit-il. J'ai marché jusqu'ici.

— C'est à une vingtaine de kilomètres !

— C'est quoi, des kilomètres ? demande-t-il. Ça m'a pris une journée, ajoute-t-il en haussant les épaules, pas de quoi en mourir.

— Tu ne sais pas ce qu'est un kilomètre ?

C'est une longueur... Si nous marchions environ une heure, nous parcourrions la distance d'environ neuf kilomètres.

Yééé ! Pour une fois que mes cours de maths me servent à quelque chose !

– Aaaaaah ! Tu veux dire des milles ? Personne ne dit des kilomètres en 1903, dit-il.

Pourquoi appelez-vous ça des kilomètres ?

J'ai appris en classe que le système métrique est devenu chose courante au Québec dans les années 1980. Je n'étais pas encore née, évidemment. Les milles, comme les verges, pieds et pouces, font partie du système impérial. Waouh ! Vive mes cours de maths

ennuyeux! Monsieur Jeff
m'aura au moins mis
quelques notions dans la
tête.

— Toi, tu connaissais
le système impérial.
Maintenant, c'est le système
métrique, et...

Crotte de lionceau,
je pensais avoir l'occasion
de montrer mes grandes
connaissances, mais il ne

m'écoute déjà plus. Il regarde de l'autre côté de la rue et m'interrompt avec une nouvelle question.

– C'est quoi cet endroit ? demande-t-il, en pointant une boutique devant nous.

– Un opticien.

– Un opticien ? C'est une autre sorte d'engin ? Où est le magasin général ?

Je ris doucement. Ouffff...
Je commence à croire que la
journée sera longue pour moi,
et passionnante pour Cléo.

– Un opticien, c'est un
spécialiste des yeux. Il nous
prescrit des verres quand on
ne voit pas bien.
Et on n'a plus de magasin
général depuis au moins
soixante ans...

Il hoche la tête brièvement
et traverse la rue sans faire
attention. Crotte de biche,
il a aperçu la calèche tirée

par les chevaux pour les
touristes. Il faut que je trouve
une façon de le contenir
sans le toucher. Si je pouvais

l'attacher, ça serait pratique.

Ah non ! Une camionnette

roule droit sur lui !

— Il y a des chevaux ! Aha !

Je le savais que je trouverais

quelque chose de familier !

s'exclame-t-il.

— Cléo ! Attention aux

voitures !

Mais c'est trop tard.

Cléo vient de se faire frapper !

Ou pas...

Où est-il passé ?

Chapitre 6

À la découverte de la ville

– Cléo, ce n'est pas drôle !
Où es-tu ? Je ne te vois plus !

Plusieurs passants me
dévisagent. J'entends une
voiture freiner brusquement.
Mais je m'en fiche, je cherche
Cléo. Crotte de hamster,
je l'ai vraiment perdu.

– Hé, toi ! J'ai failli te frapper !

Je relève la tête vers l'homme qui me parle, puis je regarde autour de moi. Je suis immobile en plein milieu de la route. Mon regard passe de l'inconnu inquiet à l'autre côté de la rue, là où Cléo devrait se trouver.

Il a vraiment disparu !

– Oui... euh... oui, ça va
bien. Désolée, j'étais distraite
et...

– J'aurais pu te tuer !

– Oui, euh...

Pendant que je parle au
conducteur de l'automobile,
une boule de lumière
traverse les
passants.
Grrrr... voilà

Cléo qui fait du tourisme sans moi !

— Fais attention, à l'avenir, me dit l'homme, les sourcils froncés.

— Promis ! Merci, monsieur !

Je fais une petite révérence ridicule et je décampe. Cléo semble s'être rematérialisé, puisqu'il est à mes côtés lorsque j'arrive à proximité des calèches. Sans réfléchir, je lui tape le bras pour lui signifier mon agacement.

Une résonance douloureuse engourdit ma main à son contact. La vibration monte jusqu'à mon coude. *Ouch!*

Ça fait mal!

Comment ai-je pu déjà oublier qu'il ne faut pas le toucher? Ne me suis-je pas fait prendre il y a une heure à peine?

– Ouch ! Crotte de rat…
j'ai eu un choc.

– Est-ce que ça va, Zoélie ?
Je suis désolé !

– Pas de ta faute…
J'ai oublié que tu donnes des
chocs. Tu as l'air si vrai…
Mais Cléo, tu m'as vraiment
fait peur, tout à l'heure.
Pourquoi t'es-tu volatilisé
comme ça ? J'ai failli me faire
frapper par une voiture tant

j'étais distraite parce que je
te cherchais !

Il hausse les épaules.

– Oh ça ? Je ne l'ai pas fait
exprès. On dirait bien que si
je m'éloigne de toi, je perds
ma... euh... substance et je
me transforme en boule de
lumière.

– Encore heureux que tu
ne te sois pas dissipé pour
de vrai. Quand tu disparais,

ça peut prendre des années avant que tu reviennes !

— Pas si tu penses très fort à moi pour m'aider à revenir, dit-il.

— La dernière fois, même si j'ai pensé à toi très très fort, ç'a pris des jours. J'étais morte d'inquiétude !

Cléo me lance un regard piteux auquel j'ai du mal à rester insensible.

— Je ne sens pas le temps passer... Tu le sais, pourtant. Ange te l'a expliqué, dit-il.

— Je sais, mais je ne comprends pas vraiment. Comment peux-tu vivre sans compter le temps ? Ça me dépasse complètement.

— Je me souviens qu'en tant qu'être vivant, on calculait les heures, les jours, les années. Mais je ne les sens plus passer depuis que je suis mort. Je te donne un exemple : si toi, tu dois rester une journée à ne rien faire, tu vas t'ennuyer, regarder ta montre, tu vas chanter, te parler à toi-même, essayer de trouver quelque chose pour passer le temps. Moi, je ne sens pas que le temps passe. Il n'existe tout simplement pas. Ça doit être parce que j'ai l'éternité devant moi, j'imagine. Je n'ai pas l'impatience des vivants, dont le temps est compté.

— Mais tu m'as déjà demandé de revenir « demain ». Pourquoi ? Puisque j'aurais pu revenir dix ans plus tard sans que cela fasse une différence !

— Parce que je sais que pour toi, « demain », c'est bientôt. Je n'aurais pas pris le risque que tu m'oublies et ne reviennes plus jamais.

Wow, c'est fascinant tout ça ! J'aimerais tellement être comme Cléo dans mes cours de mathématiques ! Et puis, j'ai tellement de questions !

— Ah... et est-ce que tu peux aller dans le futur, dans le passé ?

— Je n'ai jamais essayé. N'oublie pas que jusqu'à ce

que tu me permettes de me matérialiser, je n'étais qu'une âme errante dans le cimetière. Je ne savais même pas qu'il s'était passé plus d'un siècle.

Je n'ai pas encore expérimenté toutes mes capacités.

Ange a promis de me guider. Elle m'a aussi dit que si j'avais besoin d'elle, je n'aurais qu'à l'appeler et qu'elle viendrait.

– Comment vas-tu faire ? Vous avez un téléphone de fantômes ? dis-je en riant.

Cléo secoue la tête.

– C'est quoi, un téléphone ?

– Une machine pour s'appeler et se parler à distance !

– Ah oui, le monsieur du magasin général en avait un.

Non, rien comme
ça.

Je n'ai qu'à
penser à elle très
fort. D'ailleurs, tu
pourras le faire aussi, parce
que toi et moi, nous sommes
liés.

Intéressant... De savoir
que j'ai toujours Ange pour
veiller sur moi au moindre
tracas, c'est très sécurisant.

Toutefois, une chose importante m'inquiète :

— Avec toute cette histoire de temps que tu ne sens pas et que tu ne peux pas calculer, je pourrais te perdre jusqu'à mes soixante-dix ans, t'en rends-tu compte ? Maintenant, s'il te plaît Cléo, ne t'éloigne plus, même en boule de lumière !

— D'accord... Mais ne t'en
fais pas, quand je suis en
boule de lumière, je suis
encore là, conscient de ce qui
se passe autour de moi, juste
pas sous forme humaine.

— Alors, si je comprends
bien, tu as trois états : en
forme humaine qui donne
des chocs, en boule de
lumière qui voit tout et
entend tout, et carrément en

garçon disparu dans le néant,

c'est ça ?

Cléo hoche la tête et

ajoute :

– Je peux être « latent »,

c'est-à-dire être simplement

un courant d'air dans le

cimetière. Mais ça, c'était

surtout avant que tu me

« réveilles ».

C'est mêlant tout ça !

Je veux absolument bien

comprendre.

– Donc, ça fait quatre

possibilités : humain

électrifiant, boule de lumière,

dissipé dans le néant (ça c'est

terrible !) et errant dans le

cimetière.

– Bravo, mademoiselle

Zoélie ! Vous connaissez

toutes les facettes de votre Cléo ! s'exclame-t-il en riant.

– Merci ! Tu sais, je n'ai jamais eu d'ami aussi compliqué que toi. En réalité, je n'ai jamais eu d'amis en général...
Tu es très important pour moi, Cléo. Il faut éviter à tout prix que tu te dissipes dans le néant. Ne prends plus de risques, d'accord ?

Il hoche la tête avec un petit sourire, mais je dois insister !

– Promis ?

Comment être fâchée contre lui ? Il est si adorable.

– OK, mais tu vas devoir me suivre et être plus rapide, Zoélie. Je suis enfin libre ! Tu ne peux pas savoir quel plaisir ça me fait ! Je peux enfin voir tout ce que j'ai manqué depuis plus de

cent ans. Je ne veux rien

oublier. Je veux explorer

la ville de fond en comble,

faire semblant d'être un

humain bien vivant. Ce sera

amusant ! Hé !

Je peux sentir les odeurs !

C'est nouveau, ça ! Déjà,

je commence à percevoir une

odeur particulière... Ce n'est

pas très agréable.

Il plisse le nez.

– C'est quoi ? Ça ne sent
pas très bon.

Il a raison, cette odeur est
très forte.

– C'est le pétrole que tu
sens. Ils refont l'asphalte
au coin de la rue. Ça sent le
goudron. C'est vrai que ça
pue. Pauvre toi, tu aurais
pu choisir un meilleur jour

pour commencer à sentir les odeurs.

Il semble prendre des notes dans sa tête.

– Asphalte… Mmmmm, c'est comme ça que vous appelez le plancher?

– Pas le plancher, le matériau qui recouvre la rue.

Je pose mon pied sur l'asphalte gris.

– Finies les roches et la
boue ! C'est cool, non ?

Mais Cléo regarde
déjà ailleurs.
Crotte de veau, qu'est-ce qu'il
a vu encore ? Il va trop vite,
je dois courir après lui avant
qu'il se dissipe !

Chapitre 7

Pas un fantôme
à partager!

Il y a trop de monde sur

les trottoirs. J'ai encore

perdu Cléo. Il était là il y a

quelques instants à peine,

et maintenant, POUF! il a

encore disparu. Une dame

vient de tomber à la renverse

sur le trottoir, un homme

l'aide à se relever.

Elle n'arrête pas de crier.

— Le garçon blond ! Il m'a donné un choc !

Crotte de girafe ! Cléo a touché à une dame et s'est dissipé.

— Il m'est rentré dedans, ç'a fait un gros boum et il a disparu.

— Germaine, ce sont tes nouveaux médicaments qui font ça. Le docteur t'a avertie que tu aurais des effets secondaires...

— Non, Albert ! Je te jure qu'il y a un garçon qui a causé une explosion !

L'homme, qui semble être son mari, accompagne la pauvre femme pour qu'elle puisse s'asseoir sur le grand banc de bois situé devant l'église. Je m'éloigne d'eux comme si je n'avais rien vu. Pauvre Germaine, elle va penser qu'elle a des hallucinations !

Ce malheureux incident est toutefois de très mauvais augure. Je devine facilement que Cléo s'est encore dissipé. Une adolescente un peu plus âgée que moi remarque mon

désarroi (je dois vraiment
sembler paniquée) et touche
mon épaule.

— Est-ce que tu t'es
égarée ? me demande-t-elle.

Je secoue la tête.

— Non, mais j'ai perdu
mon ami.

— Il ressemble à quoi, ton
ami ?

La fille au visage doux me toise de ses grands yeux.

– Blond, grand comme toi, visage d'ange...

Elle rit et fait battre ses longs cils.

– Wow, j'aimerais bien le retrouver, moi aussi !

Je fronce les sourcils. Son intérêt pour Cléo me perturbe un peu, je dois l'admettre. *C'est MON fantôme, trouve le tien !*

— Ça va, laisse faire, je vais le rattraper toute seule !

— Mais je peux t'aider...

— Non ! Laisse-moi tranquille !

Je m'éloigne de la fille d'un pas pressé. Ouf, échappé belle. Je ne dois plus parler à qui que ce soit de Cléo.

Où avais-je la tête ? S'il fallait
qu'on commence à me poser
des questions au sujet d'un
garçon qui explose en se
heurtant aux passants,
je dirais quoi ?

Je marche parmi la foule,
à la recherche de mon
fantôme. Je sais que je perds
mon temps. Certaine qu'il
est dans le néant, je fais les
cent pas devant l'église,

je pense à lui très

fort.

J'y mets tellement

d'énergie que

j'en retiens ma respiration

jusqu'à presque perdre

connaissance, sans résultat.

Découragée,

je m'assieds à mon tour sur

le banc de bois.

Les minutes passent...

et toujours pas de Cléo.

Mon cœur se serre. Si ça prend des années avant qu'il revienne, que vais-je devenir ? Je dois chasser cette horrible pensée de mon esprit.

Une heure passe, puis deux. Une dame s'arrête devant moi.

— Excuse-moi, jeune fille, je travaille dans la boutique qui est là... Je vois que tu es assise sur ce banc depuis des heures. As-tu besoin d'aide ou de quelque chose ?

Je lève les yeux vers l'inconnue qui me regarde avec un air inquiet.

– Non, merci, madame. J'attendais un ami, il n'est pas venu…

Penaude, je me lève, tourne les talons et dirige

mes pas vers la maison sans

retenir mes larmes.

Chapitre 8

Le voisin curieux

J'arrive chez maman,

en retard pour le souper.

En temps normal, elle ne

lève même pas la tête de

son clavier d'ordinateur

et me pointe un plat sur le

comptoir en me disant

« je t'ai gardé une portion ! »

Contrairement à ses

habitudes, ce soir, elle me dévisage comme si j'avais commis une bévue qui la met dans l'embarras. Il se trouve que nous avons de la visite à la maison. Notre voisin, monsieur Santerre est là. Je suis très surprise de le voir. Ma mère n'est pas du genre à se lier d'amitié avec le voisinage. Elle a du mal à trouver du temps pour sa propre fille, alors je ne peux même pas l'imaginer

entretenant des relations

d'amitié avec ses voisins.

Surtout avec un monsieur

qui ne sort pratiquement

jamais de chez lui et qui

est plutôt du genre à tout

surveiller de sa fenêtre avec

ses jumelles.

— Zoélie, assieds-toi, s'il te

plaît ! m'ordonne ma mère.

Elle me désigne une chaise

à la table de cuisine.

Je m'en approche et j'obéis

sans discuter. Monsieur

Santerre est debout dans la

pièce, les bras croisés sur sa

poitrine.

— Monsieur Santerre est venu me voir pour me faire part de quelque chose, et ça m'inquiète, Zoélie, dit ma mère.

— Ah...

Ma mère jette un coup d'œil hésitant à monsieur Santerre. Est-ce qu'il m'a vue cueillir une marguerite sur son terrain ce fameux jour où j'ai rencontré Cléo pour la première fois ?

Pourquoi avoir attendu aussi longtemps pour en parler, et surtout : en quoi est-ce si grave ? Il ne tond même pas son gazon. J'ai toujours pensé que ses fleurs étaient sauvages, comme dans un champ...

– Je suis désolée d'avoir pris une marguerite, monsieur Santerre. Ça ne se reproduira plus...

Il me regarde avec stupéfaction.

– Quelle marguerite ?

– Ben... celle que j'ai prise pour décider si j'allais au centre commercial ou au magasin de bonbons...

Il secoue la tête.

– Monsieur Santerre n'est pas ici au sujet d'une

marguerite, voyons !

intervient ma mère.

— Alors, pourquoi ?

Ma mère soupire.

— J'ai dit à monsieur

Santerre qu'il s'inquiétait

pour rien à ton sujet, mais je

veux t'entendre me rassurer,

Zoélie.

— OK...

Crotte de gerboise !
Je pense que je sais ce qui
s'en vient !

– C'est quoi cette histoire
de passer beaucoup de temps
au cimetière ? demande-
t-elle.

– Euh… rien…

Monsieur Santerre rit tout
bas sous sa moustache grise.

— Elle y est à toute heure du jour, annonce-t-il à ma mère. Je la vois tout le temps quand je fais mes petites promenades du matin et d'après-dîner.

— C'est vrai ça, Zoélie ?

— N... oui... Mais ce n'est pas ce que tu crois !

— Et que crois-tu que je crois ? demande-t-elle.

– Dis-le-moi et on verra,

dis-je d'une petite voix.

– As-tu des amis qui

fréquentent les cimetières ?

me questionne maman.

La pauvre, on dirait que

ça l'inquiète pour de vrai.

La vérité n'est pas une

option. Je dois donc inventer

quelque chose !

— Bien sûr que non.
C'est juste que je fais une
recherche pour... pour...

Crotte d'écureuil, je ne
peux pas prétexter un travail
scolaire en pleines vacances
d'été.

— Une recherche pour
quoi, Zoélie?

— Pour... m'amuser, voilà!
J'essaie de faire des liens

entre les familles des pierres tombales.

Maman me dévisage de longues secondes. Je vois à l'expression de son visage qu'elle se demande que penser de sa fille bizarre. Puis, elle se retourne vers Monsieur Santerre.

— Je vous remercie d'être passé, monsieur. Je dois

maintenant discuter en tête à tête avec ma fille.

L'homme à la moustache remet son chapeau et me lance un dernier regard avant de sortir.

Une fois qu'on est seules à nouveau, ma mère s'assied devant moi à la table de cuisine.

— Écoute, Zoélie. J'ai bien réfléchi. Je sais que je n'ai

pas beaucoup de temps pour toi. Le fait que tu t'amuses dans un cimetière me préoccupe beaucoup. C'est pourquoi j'ai pensé...

Pensé à quoi ? M'envoyer dans un camp de vacances ? Crotte de jument ! Il ne faut pas qu'on m'enlève ma liberté, pas maintenant !

– Je suis TRÈS heureuse, maman ! Je passe un super bel été, juré craché !

Ma mère agite les mains en l'air.

– Ne crache surtout pas, je t'en prie ! dit-elle.

– Mais non, voyons, ce n'est qu'une façon de parler !

Ma mère se déride enfin et rit doucement. Voilà un bon

moment que nous n'avons

pas eu de discussion en tête

à tête. Je dois avouer que

ce n'est pas désagréable.

Malgré cela, j'ai hâte de

la convaincre de ne pas

modifier le cours de mon été !

— D'accord... Alors, tu

t'amuses pour de vrai ? Mais

je te trouve bien solitaire.

Je sais que ta cousine

Élizabeth a été très occupée,

mais tu pourrais l'appeler.
Je suis certaine que ça lui
ferait très plaisir de te voir.

– Puisque je te jure que
tout va bien !

Il fallait s'y attendre,
le téléphone cellulaire de
maman se met à sonner.
Elle le repousse, mais je vois
dans ses yeux qu'elle fait un
effort énorme pour ne pas
prendre son appel.

— Réponds, c'est sûrement encore un client, dis-je pour l'encourager.

— Nous pourrions peut-être faire une sortie ensemble, toutes les deux.

— Comme tu veux, maman, mais ne te sens pas obligée...

Je veux aller retrouver Cléoooo ! Ne me fais pas perdre mon temps ! Pitiéééé !

– D'accord. Dès que j'ai une journée de congé, nous ferons une belle activité ! déclare-t-elle.

Ce qui veut dire : JAMAIS !

– Je peux manger, maintenant ? J'ai très faim...

– Bien sûr, je t'ai gardé une portion de pâté chinois. Ça t'ennuie si je retourne travailler ?

Plus ça change, plus c'est pareil... mais depuis que je connais Cléo, ça ne me dérange plus du tout !

Chapitre 9

Soigner l'ennemi

Voilà deux jours entiers que Cléo s'est dissipé dans le néant. J'aurais peut-être dû saisir l'offre de maman et accepter notre sortie entre filles. Ça m'aurait changé les idées. En même temps, j'ai peur d'arrêter de penser fort à Cléo comme j'ai peur de dormir. Si je lâche prise,

je crains qu'il ne revienne

jamais. Un peu comme

si j'avais lâché une corde

imaginaire qui le relierait

à moi.

Ce matin, je refais les cent

pas sans relâche dans la rue

Principale. Je garde l'espoir

de le retrouver là où je l'ai

laissé, près de l'église, là où

les calèches attendent les clients.

Il peut disparaître des années... Vais-je donc croupir sur ce trottoir, semaine après semaine, mois après mois ? J'essaie de ne pas y penser. Il faut que je sois positive. De plus, si je désespère, j'imagine que mon « énergie » sera moins forte, donc inefficace pour

ramener Cléo à moi.

Pour m'aider à garder le

moral, quoi de mieux qu'un

énorme cornet au melon

d'eau ? Si

ma gorge et

mon estomac

n'étaient pas

si serrés par la tristesse, la

crème glacée ne serait pas

en train de fondre sur mes

doigts ni ne coulerait le long de mon poignet. Crotte de tigre, j'aurais dû prendre des serviettes de papier pour limiter les dégâts.

Prochain stop, une poubelle pour y jeter le reste de mon précieux cornet que je n'ai pas pu avaler.
Que faire maintenant ?
Il y a de plus en plus de piétons dans la rue Principale

et j'ai besoin d'être seule

pour pleurer ma vie. Malgré

mes bonnes résolutions de

garder le moral, mon cœur

est accablé. Auparavant,

quand j'étais triste, je

me confiais à ma cousine

Zabeth. Mais cette fois,

c'est impossible ! Comment

pourrais-je lui expliquer

qui est Cléo et son absence ?

Elle ne comprendrait pas et

alerterait mes parents. J'ai

juste envie de pleurer, et

aujourd'hui, je ne me retiens

pas.

Les joues mouillées et le

nez qui coule, je me rends

compte que j'ai oublié mon

calepin chez moi. Ma mère

n'a pas vu que je n'avais rien

mangé et j'ai dû me dépêcher

pour éviter qu'elle me suive

avec une banane. Je sais

que monsieur Santerre fera

bientôt sa petite promenade
(c'est son heure), alors je
dois faire semblant d'écrire
dans mon carnet. Voilà qui
me permettrait en même
temps de raconter la même
histoire à quiconque me
poserait des questions sur
mes allées et venues un peu
bizarres. Comme j'ai besoin
de ce calepin, je remonte
l'avenue de l'Église pour
retourner à la maison.

Préoccupée par la disparition de Cléo (et celle d'Ange aussi !) et la surveillance de monsieur Santerre, je n'ai pas remarqué que quelqu'un m'observait de loin.

– L'allumette !

Crotte de pigeon. Je l'avais oublié, celui-là.

– Hé ! L'allumette !

J'avance sans me retourner. Les poings serrés, je relève le menton.

C'est curieux, Baptiste Biron me fait moins peur qu'avant.

Malgré cela, je ne veux pas qu'il voie mes larmes. J'accélère donc jusqu'à courir. Plus qu'un pâté de maisons et je serai à l'abri dans ma maison.

— Zoélie, attends !

Ça doit être ma grande
tristesse et l'agacement
d'avoir mon pire ennemi à
mes trousses qui me font
entendre des choses irréelles.
Baptiste Biron ne vient pas
de m'interpeller par mon
prénom. C'est impossible.
Je dois avoir de la fièvre.
Toujours sans me retourner,
j'active le rythme sans relâche
jusqu'à atteindre les marches
de ciment de mon perron.

Lorsque ma main se resserre sur la poignée, j'entends un « Aïe » de douleur qui me donne froid dans le dos. C'est toujours la voix de Baptiste.

– Zoélie, s'il te plaît, je dois te parler ! dit-il encore, sa voix maintenant rauque. Je ne te ferai pas de mal...

Je prends une longue inspiration avant de me retourner. Avec Baptiste, tout est possible. Il a sûrement un mauvais coup derrière la tête ! Mais ce que je vois me sidère. Il est assis au bord du trottoir, son genou droit ensanglanté.

– Oh mon Dieu, Baptiste ! Est-ce que tu es blessé ?

– Oui, dit-il, une vilaine égratignure.

Quelque chose m'a fait trébucher.

Je ne comprends pas ce qui est arrivé. Il n'y avait rien devant moi, puis tout à coup, j'étais à plat ventre sur le ciment.

Mon cœur se gonfle d'espoir. C'était peut-être Cléo qui tentait de me protéger sous sa forme de boule de lumière.

– Vas-y, moque-toi, dit Baptiste. Je l'ai bien mérité, après tout ce que je t'ai fait endurer.

La bouche ouverte et les yeux arrondis par la surprise, je le dévisage. Est-ce que j'entends encore des choses irréelles ? Suis-je donc en train de rêver ? Puis, je vois que le sang de sa blessure dégouline sur l'asphalte.

Même s'il s'agit du pire voyou de l'univers, il faut soigner cette plaie.

– Viens avec moi, Baptiste.

– Où ?

– Dans la maison. Tu saignes beaucoup trop.

– Tu veux soigner mon genou ? Pour de vrai ? Mais…

– Ne dis rien, Baptiste. As-tu besoin d'aide pour te relever ?

Il me tend la main et je la tire d'un geste énergique. Baptiste est plus costaud que moi, et plus grand. Je passe à un cheveu de tomber à la renverse juste en l'aidant à se remettre debout.

– Attention, Zoélie !
C'est toi qui vas te blesser !
m'avertit-il.

– Ça va, je suis plus
solide que j'en ai l'air, dis-je,
le souffle court.

Nous montons les marches
vers l'entrée et un rayon
de lumière m'aveugle
soudainement. Oh, là, je sais
à coup sûr que c'est Cléo qui
est de retour. Le rayon se

met à tourner autour de nous de plus en plus vite. Crotte de hérisson, j'espère que Baptiste ne peut pas le voir... Je me retourne vers lui pour scruter son expression. S'il perçoit le cirque de Cléo, je le verrai sur ses traits. Baptiste ne fait que fermer les yeux en retenant sa respiration.

Ça doit être son genou qui le fait souffrir.

Il ne remarque donc rien.
Quel soulagement !

— Est-ce qu'on peut entrer
rapidement, s'il te plaît ?
J'ai un peu la nausée...

Encore l'œuvre de Cléo,
sans aucun doute. Il nous
signifie sa colère...

Chapitre 10

Baptiste, le bon gars?

Cléo ne nous a pas suivis
à l'intérieur. C'est tant
mieux, je ne le souhaitais
pas. J'avais du mal à me
concentrer pour discuter
avec Baptiste. Cléo semblait
si agité. Espérait-il me
prévenir d'un quelconque
danger? Évidemment, laisser

entrer Baptiste chez moi

n'est pas ce que j'appellerais

la décision la plus sécuritaire

au monde, même s'il a l'air

amical. Pour l'instant, en

tout cas. Je demeure sur mes

gardes. Tout ceci peut très

bien n'être qu'une mise en

scène pour m'amadouer et

ensuite mieux me ridiculiser.

Malgré tout, je dois profiter

de cet instant de trêve pour,

peut-être, enterrer la hache
de guerre.

Et puis, Baptiste irait-il
jusqu'à se blesser de la sorte
pour me jouer un mauvais
tour et me forcer à mettre
de côté ma méfiance ?
J'en doute fort.

– Nous avons une trousse
d'urgence dans la salle de
bains. Je reviens. Tiens,
utilise ceci en attendant,

dis-je en lui tendant un rouleau d'essuie-tout.

Quelques instants plus tard, une fois son genou pansé, il se relève et se dirige vers la sortie.

– Hé ! Tu ne voulais pas me parler de quelque chose ?

– Oui... euh... mais je sens que je vais encore être malade. Je dois m'éloigner d'ici au plus vite.

C'est vrai qu'il a les joues un peu vertes. Cléo ne lâche pas prise, c'est clair.

– Mais attends ! Juste une minute…

Baptiste s'appuie au cadre de la porte en prenant de longues inspirations.
Il me fait penser à ma mère lorsque nous montons en bateau et que son mal de mer est très intense.

Cléo, lâche prise un peu, je t'en prie...

En quelques secondes, comme par magie, le visage de Baptiste semble redevenir normal. Est-il possible que Cléo ait compris ma demande muette ? Faisons-nous désormais de la télépathie ? Wow !

— Est-ce que ça va mieux, Baptiste ?

Il hoche la tête, l'air étonné.

– Oui ! C'est vraiment bizarre…

– Alors, tu me racontes ce que tu voulais me dire ?

Il ravale sa salive et regarde autour de nous avec prudence.

– Il se passe des choses vraiment inquiétantes.

J'ai essayé d'en parler à mes amis, mais personne ne me croit. Ils me pensent tous fou à lier, me confie-t-il.

– Alors, tu as songé à m'en parler parce que tu es convaincu que moi, je suis folle, c'est ça ?

Non mais, c'est vrai ! Je suis un peu insultée, pour être honnête…

– C'est depuis ce jour où nous t'avons fait peur, au cimetière. Je pense que ç'a un lien avec toi, c'est pourquoi je voulais t'en parler.

Je soupire à ce mauvais souvenir.

– Ouais, me frotter le visage avec du papier sablé, c'était fort...

– Nous n'avions pas de papier sablé, c'était pour t'effrayer, avoue-t-il.

– Mais pourquoi ? Je ne t'ai jamais rien fait !

Baptiste pince les lèvres et regarde ailleurs.

– Je sais... Écoute, euh, Zoélie. Je ne m'attends pas à ce que tu me pardonnes...

– Tu as bien raison !
Ce que tu as fait était
vraiment très méchant !
J'en ai beaucoup souffert, et...

– Je sais que tu es une
sorcière ! s'exclame-t-il en
me coupant la parole.

– Quoi ?

Il se met à tortiller ses
doigts, le regard sur ses
mains. Il semble avoir...
euh... peur de moi ? !

– J'ai beaucoup réfléchi.

Je sais que j'ai mal agi.

Je suis désolé, dit-il.

– Vraiment ?

– Oui, vraiment !

Je soupire sans répondre.

Il n'aura pas de « ça va, je te

pardonne » de ma part aussi

facilement. Mon silence ne

l'empêche pas de continuer :

— J'ai examiné les

événements et tout ce qui

a lieu dans ma chambre,

reprend-il, et j'en suis venu

à la conclusion que tu m'as

peut-être jeté un mauvais

sort. Je ne vois pas d'autres

possibilités.

— Que s'est-il passé dans ta

chambre ?

Il semble si embarrassé et

surtout si découragé qu'il fuit

mon regard au profit du bois

franc de notre hall d'entrée.

– Des choses déplacées,

mes couvertures tirées,

la nuit. Chez moi, dans la

maison et dans la cour,

je vois flotter une ombre

noire mystérieuse sur les

murs, les meubles et sur la

pelouse près de la maison.

Dès que j'approche du

cimetière ou de ta maison,

une boule de lumière me
poursuit et une bestiole
noire vole autour de ma tête.

Tout ça se produit depuis la
dernière fois qu'on s'est vus,
quand ton ami Cléo était
avec toi.

Depuis ce soir-là, je ne dors plus. On dirait qu'il y a un... un...

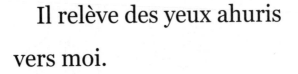

— Fantôme ?

Il relève des yeux ahuris vers moi.

— Je n'osais pas le dire, mais oui. On dirait qu'il y a quelque chose qui me suit. Et tout à l'heure, cette... chose... était encore là. Tu ne l'as sûrement pas vue, mais il

y avait une boule de lumière
qui tournait et tournait...
C'est certainement ça qui m'a
donné la nausée.

– C'est fou, tout ça,
dis-je, en faisant mine d'être
surprise.

Ainsi, Baptiste peut
aussi voir Cléo en boule de
lumière ! Mais ça n'explique
pas l'ombre noire et la
bestiole.

Je ne suis pas prête à dire
la vérité à Baptiste. Je dois
le laisser parler davantage.
Baptiste Biron n'aura pas ma
confiance avant de l'avoir
méritée. Pas après tout ce
qu'il m'a fait subir depuis
des mois.

— Alors, si c'est parce que
tu es… euh… une sorcière…
ou quelque chose du genre…
Je voulais t'offrir mes

excuses et te promettre de ne plus jamais t'importuner.

Sur ce, je croise les bras sur ma poitrine. Impossible de ne pas laisser s'échapper de ma gorge un petit rire sarcastique.

— Et si je n'ai rien à y voir et que je ne peux pas t'aider ? Tu vas redevenir celui que tu étais, c'est ça ? Tu vas encore me faire du mal ?

Baptiste secoue la tête.

– Non. J'admets que j'ai
été idiot. J'ai d'ailleurs laissé
tomber Simon et les autres.
Ils vivent quelques tracas
aussi, depuis ce jour-là au
cimetière. Comme ça se
passe toujours près de chez
toi, ils sont convaincus que
tu as des pouvoirs. Mais eux,
ils manigancent des choses
vraiment pas drôles...

– Ils me veulent du mal ?

À cette nouvelle, une sensation de feu naît dans ma gorge et mes mains se mettent à trembler.
N'en aurai-je donc jamais fini avec eux ?

– Si j'étais toi, je ne me promènerais plus seule dans la rue...

La voix de Baptiste n'est pas menaçante, simplement

amicale. C'est quoi, ce revirement d'attitude ?

C'est trop bizarre ! Malgré cela, son avertissement m'accable. Le feu qui s'était emparé de ma gorge vient de descendre dans mon thorax. Ma nervosité est de plus en plus grande.

Il me vient à l'esprit que Baptiste peut très bien me tendre un gros piège.

C'est facile, si j'y pense
bien : il n'a qu'à gagner ma
confiance en me faisant
croire qu'il a changé. Si je
marche dans la rue, que je
rencontre ceux qu'il prétend
être ses anciens amis et que
Baptiste s'adonne à passer
tout près... sera-t-il dans
mon camp ou redeviendra-
t-il mon ennemi comme par
magie ?

Non, je n'ai pas confiance en lui. Pas une seule miette.

– Merci de m'avoir avertie, Baptiste ! J'aimerais être seule, maintenant.

Il semble hésiter. Il me regarde d'un air... si... désolé.

Il part enfin et je m'adosse lourdement à la porte refermée.

Une grande question persiste : Baptiste est-il sincère ou me joue-t-il la comédie ?

Chapitre 11

Le retour du petit diable

La visite de Baptiste m'a beaucoup ébranlée. Je suis confuse. Ces histoires d'ombres noires et de bestiole mystérieuse m'intriguent. Et son avertissement au sujet de ses anciens amis qui me veulent du mal m'a rendue nerveuse.

Dois-je avoir peur de marcher seule ? Vraiment ?

Depuis hier, je retourne cette conversation avec Baptiste dans ma tête. J'en suis arrivée à la conclusion que l'unique chose que je puisse faire pour l'instant, c'est de me méfier.

Allez Cléo... reviens...

Je suis à l'entrée du cimetière. J'ai mon calepin

et mon crayon, encore pour

faire semblant que mon

petit projet bidon est réel,

au cas où monsieur Santerre

m'observerait.

– Alors, je t'ai manqué ? fait une voix familière à ma gauche.

– Aaaaaah !

Cléo m'a fait sursauter si fort que j'en ai presque perdu l'équilibre. Il est sur le terrain du cimetière. J'en profite pour le rejoindre et m'assurer que monsieur Santerre n'est pas dans les parages.

– Où étais-tu ? Ça fait des jours !

Cléo me fait un petit sourire triste. Ce garçon… euh… ce fantôme réussira toujours à m'attendrir même si j'essaie d'être fâchée.

– Oh, par-ci, par-là… Je pensais n'être parti que quelques minutes. Ça fait des jours, vraiment ?

– Oui ! Plusieurs jours !
J'étais morte d'inquiétude !

– Tu avais peur pour
ma vie ? demande-t-il avec
humour.

– Tu n'es pas drôle, Cléo !

Les larmes montent à mes
paupières malgré moi.
Je suis fatiguée, énervée et
un peu déçue de son attitude
désinvolte. Cléo semble s'en

rendre compte, parce qu'il change d'air.

– Hé, Zoélie, ne pleure pas... Je suis désolé. Vraiment. Quand j'ai heurté cette pauvre femme, c'était un accident. Je faisais attention de ne pas toucher les gens, et cette dame s'est mise sur mon chemin, et... PAF !

– Tu as renversé Germaine...

– Tu la connais ?

– Non... J'ai entendu son mari dire son prénom pour la calmer. Elle pense avoir halluciné !

– Je ne l'ai pas fait exprès... Je suis vraiment désolé...

Tout le monde est DÉSOLÉ! C'est lassant!

J'essuie un œil du bout de ma manche avant de me retourner pour camoufler mon visage, qui doit être maintenant tout boursouflé. Je renifle un bon coup. Si au moins, j'avais un mouchoir! Je pleure tellement souvent, ces derniers temps, que je devrais en avoir une boîte accrochée à ma ceinture en permanence.

Devant mes larmes, Cléo baisse la tête pour regarder au sol.

— Je ne pensais pas que tu aurais autant de peine de me perdre, dit-il d'une voix faible. J'étais si heureux d'être enfin un peu libre que j'ai été imprudent.

Ça y est, maintenant, c'est moi qui me sens piteuse.

– Je sais. Je ne veux pas te retenir, tu n'es pas mon prisonnier. Je suis très contente que tu puisses marcher avec moi dans le vrai monde. J'en suis même folle de joie. Mais après ce qui s'est produit, j'ai peur. S'il avait fallu qu'on découvre ce que tu es ! Pire, que tu disparaisses pour de bon !

— Je vais faire attention, à l'avenir. Promis.

Je souris faiblement.

— Maintenant que je t'ai retrouvé, tout va bien.

— Pourquoi as-tu fait entrer Baptiste dans ta maison hier ?

En disant cela, les yeux de Cléo deviennent gris acier.

— C'était donc bien toi, cette lumière qui tournait...

— Qui d'autre voulais-tu que ce soit ? demande-t-il.

— Pourquoi n'es-tu pas entré avec nous dans la maison ?

Il me fait un sourire qui n'égaie pas son regard.

– Je ne peux pas te suivre là où tu ne veux pas que je sois. Hier, quand tu es entrée à l'intérieur avec Baptiste, j'ai clairement ressenti que tu ne voulais pas que je te suive. J'ai donc dû respecter ton désir, même si j'avais envie de mourir !

Encore une blague de fantôme...

Puis, il ajoute en souriant :

— J'ai tout de même pu donner une petite nausée à Baptiste. Je me suis dit que c'était un bon compromis. Si ses intentions étaient mauvaises, au moins, il n'aurait pas l'énergie de te faire du mal.

— J'avais bien deviné que c'était toi !

— Quand tu m'as demandé de diminuer sa nausée,

j'étais un peu déçu, mais rassuré. Je me suis éloigné.

– Je m'en doutais, sa peau est redevenue normale.
Alors, tu l'as suivi depuis tout ce temps?

Cléo part à rire et ses yeux passent du gris à un bleu royal éclatant. À cette couleur vive, je devine qu'il est très heureux de ce qu'il va me dire...

— C'était amusant.
Malheureusement, je ne
pouvais pas le suivre partout.
Même si dans ma forme de
boule de lumière je peux
m'éloigner de toi, je ne peux
pas dépasser une certaine
distance. Mais quand il
passait près de ta maison ou
du cimetière, je m'en donnais
à cœur joie. Avoue qu'il le
méritait...

— Mais pourquoi ne pas être réapparu dans ta forme humaine au lieu de la boule de lumière ?

Cléo hausse les épaules.

— Quand je reviens de « nulle part », c'est la première forme que j'emprunte. Quand je t'ai finalement retrouvée, Baptiste était là et j'étais

fâché que tu prennes soin de
notre ennemi...

— As-tu embêté ses amis,
aussi ? Baptiste dit qu'ils
veulent s'en prendre à moi.
Ils pensent que je suis une
sorcière à cause de tous ces
tours ! Est-ce que c'était toi ?

Cléo grimace, honteux.

— Ils rôdent souvent près
du cimetière et de ta maison.

J'ai voulu leur faire peur...
Je suis ton gardien !

— Tu veux dire mon garde
du corps ? C'est gentil, mais
je pense que tu viens de nous
attirer plus d'ennuis que de
protection.

Mon ami se rembrunit,
fronçant ses sourcils blonds
avec colère.

— Baptiste et ses amis
méritaient que je leur fasse

peur! S'ils touchent à un seul de tes cheveux, je vais leur donner le choc de leur vie!

Ouille! Ses yeux deviennent rouges. Je n'aime pas le voir comme ça!

– Calme-toi, Cléo. Je suis certaine que Baptiste a exagéré. J'aimerais que tu arrêtes de l'embêter. Baptiste m'assure qu'il ne me veut plus de mal. Il dit qu'il a été idiot. Il s'est même excusé plusieurs fois...

En disant ces mots, j'observe bien la réaction de mon ami. Même si, moi, j'essaie de croire que Baptiste dit vrai, Cléo ne semble pas partager mon avis.

– Tu lui fais confiance ?

– Non, pas encore. Ce serait trop facile après tout ce qu'il m'a fait endurer.

Ce que je sais, par contre, c'est qu'il a l'air honnête.

– Pffff... honnête..., marmonne mon ami.

Il se recueille et se concentre. Ses iris reprennent leur couleur naturelle entre le bleu et le gris clair.

– Personne ne te fera du mal, j'en fais le serment ! affirme-t-il.

– Pour ça, il faut que tu cesses de disparaître...

– C'est promis !

– Voyons, Cléo, c'est ridicule. Tu ne peux pas me suivre partout !

– Tu veux parier ?

Chapitre 12

Trois vœux

J'ai bien fait de ne pas parier avec lui. Cléo tient sa promesse. En fait, il la tient trop bien ! Depuis trois jours, partout où je vais, il est là. Il est clair que Cléo semble s'adapter à sa nouvelle « vie » (ou devrais-je dire nouvelle « mort » ?) de brillante façon.

En effet, mon cher fantôme
passe désormais de sa forme
« humaine vivante » à sa
forme « boule de lumière »
à volonté. Plus question
pour lui d'errer en courant
d'air dans le cimetière,
non madame !

Je ne peux pas le ranger
dans un placard non plus
(pas que je le souhaiterais !).
Il est devenu mon ombre (ou
devrais-je dire ma lumière ?).

Partout où je vais, il est là.
S'il ne veut pas être vu, il se
transforme en une boule de
lumière si petite qu'on dirait
un reflet dans mes cheveux.
C'est d'ailleurs utile quand
maman me dit que mon
nouvel ami doit retourner
chez lui pour la nuit. Cléo
fait mine de sortir, salue ma
mère avec sa grande politesse
en lui disant « vous » et
« madame », pour ensuite se

coller à mes cheveux en se faisant tout petit.

– Si tu ne dors pas, que fais-tu toute la nuit ?

Cette question me titille. Non, mais c'est vrai. Cléo reste à mes côtés tout le temps. Que fait-il quand je dors ? Je dois être très ennuyante...

– Quand tu dors, je peux me placer en état de veille.

Comme tu le sais, pour moi,
le temps...

– ... n'existe pas ! Je sais,
je sais...

– Mais ce n'est pas ce que
je fais ! dit-il, espiègle.

Oh ! Dois-je être inquiète ?

– Ah non ? Qu'est-ce que
tu fais toute la nuit, alors ?

Il me montre du doigt différentes choses dans ma chambre.

À voir son visage malicieux, j'ai presque peur...

— Je m'exerce ! J'essaie de toucher les objets, en me concentrant, pour arriver à jouer avec toi à ces jeux qui ont l'air très amusants.

Il pointe ma pile de jeux
de société : Monopoly, Risk,
Destin...

– Ah, il faudrait aussi que
tu m'apprennes à lire, ajoute-
t-il en grimaçant.

— Tu as oublié comment ?

Il secoue la tête, un peu embarrassé.

— Je n'ai jamais fréquenté l'école.

Puis, sans me laisser réagir, il change de sujet :

— J'ai aussi trouvé quelques chats errants, autour de la maison, pour m'exercer à toucher des êtres vivants.

Pauvres chats !

— Tu les électrocutes ?

Il sourit devant mon état de panique extrême.

— Euh… juste le premier…

— QUOI ?

— Calme-toi, Zoélie, je blaguais.

Ne t'en fais pas, le premier

chat n'a fait que déguerpir,

je ne l'ai pas blessé.

J'ai même réussi à ne pas

perdre ma forme humaine.

Ensuite, j'ai trouvé comment

contrôler mon énergie.

Le dernier ronronnait sous

mes doigts. Tu veux qu'on

essaie ? Allez, touche ma

main !

J'avais déjà fait le test
avec Ange, mais elle avait
des années d'entraînement.
Toucher Cléo, ça me fait
un peu craindre pour ma
sécurité...

— Si ça ne te dérange
pas, je vais attendre que tu
t'exerces encore quelques
nuits !

— Poule mouillée,
m'accuse-t-il en riant.

— Alors : Pok ! Pok ! Et je
n'ai même pas honte !
J'ai goûté à tes traitements-
chocs assez souvent merci !

Cléo me raconte en
long et en large toutes ses
découvertes et ses idées.
Il me parle de ses
manigances pour rendre
Baptiste complètement
fou, de ses explorations des
boutiques, sous forme de

lumière. Comment certaines gens le suivent des yeux sans en dire un mot à quiconque, de peur de passer pour fous. Je vois clairement dans ses yeux qu'il jubile de toutes ses aventures...

– Je regrette que ç'ait pris plus d'un siècle pour faire ta connaissance, Zoélie. Je ne te remercierai jamais assez de m'avoir interpellé.

— De rien ! Je ne l'ai même pas fait exprès. Mais je suis contente aussi de t'avoir découvert. T'es sûr que tu ne viens pas d'une lampe magique ? Dommage que tu n'exauces pas les vœux !

Cléo me fait un petit sourire.

— Tu souhaiterais quoi, dis-moi ?

En cet instant, je regrette qu'il soit un fantôme, parce que je lui aurais fait un gros câlin !

– Tu as déjà réalisé mon vœu le plus cher, tu sais.

– Ah oui ? Lequel ?

– Je voulais un « meilleur ami ».

Si les fantômes pouvaient rougir, je crois que Cléo serait rouge pivoine.

— Ça, c'est réglé ! Je serai ton meilleur ami jusqu'à ma mort.

— Bonne blague de fantôme...

Il rit, mais impossible de le détourner de ses questions.

– Quoi d'autre ? insiste-
t-il.

– De plus petites oreilles et
un peu de chair sur mes os.

– Ah non, je ne suis pas
d'accord. Tu es parfaite telle
que tu es.

– Merci... c'est gentil.

Un silence bizarre
s'installe entre nous.
C'est trop d'aveux et de

compliments d'un seul coup.
Je deviens toute timide...

— En tout cas, merci de
m'avoir *sauvé la mort*,
dit-il en s'esclaffant.

Ah ! Je comprends ! *Sauvé
la vie... sauvé la mort...*
vraiment très drôle !

— Ha ! Ha ! Ha ! Une autre
bonne blague de fantôme !
Tu devrais devenir comédien,
tu sais ?

Il n'a pas de... euh... de matière. Pas d'os, pas de peau, pas de sang...

Et puis, s'il devient tout à fait « vivant » un jour, il n'aura plus besoin de moi...

Juste à y penser, j'ai le cœur qui fait mal.

Chapitre 13

Le visiteur

– Zoélie ! Il y a un garçon à la porte pour toi !

Voilà trois jours que Cléo et moi passons tout notre temps ensemble. Nous sommes encore dans ma chambre, à jouer au Monopoly. Il s'exerce à faire bouger les pièces avec précision en les poussant du bout des doigts. Parfois,

ça fait des étincelles, parfois juste une vibration. Il se concentre très fort. En même temps, je lui enseigne un peu à lire et c'est moi qui manipule les cartes et les dés. Cléo n'est pas assez habile et, pour être honnête, je préfère qu'il ne touche pas au papier ni au carton, il pourrait y mettre le feu. Il doit aussi

apprendre à contrôler sa
force. Lorsqu'il a tenté de
lancer les dés, il les a
envoyés par la fenêtre.
Pas très pratique !

Occupés à lui faire
travailler sa dextérité,
nous sommes très peu sortis.
Ma mère commence même
à adorer Cléo, elle l'appelle
« mon ami très poli qui
dit *vous* et *madame* ».

Elle insiste pour le nourrir
de gâteaux et de biscuits.
Évidemment, il fait semblant
de manger, et c'est moi qui
me régale à sa place. Notre
amitié est très agréable !

Ma mère crie de nouveau :

– Zoélie ! Tu as un ami à la
porte !

Cléo semble mécontent. Ses
yeux virent immédiatement
au gris acier que je lui

connais si bien lorsqu'il est contrarié ou qu'il se met en mode « protecteur de Zoélie ».

— Si c'est Baptiste, il va passer un mauvais quart d'heure, grince-t-il.

— Arrête donc ! Il n'est plus aussi méchant qu'avant !

— C'est un ratoureux ! Je ne lui fais pas confiance et tu devrais faire pareil.

Je roule les yeux.

Il faut tout de même que je descende pour voir qui est à la porte, sinon ma mère viendra me chercher par les oreilles.

– J'arrive, maman !

Sur le perron, Baptiste semble préoccupé. Il regarde le cadre de la porte comme s'il était en feu. Il a un œil au beurre noir et un pansement sur la joue.

— Baptiste ! Tu t'es fait mal ?

Il me jette un regard méfiant.

— Il faut que tu arrêtes ton mauvais sort, Zoélie ! Une étagère est tombée sur ma tête. J'aurais pu me tuer. Ah non, pas lui ! dit-il en remarquant Cléo à mes côtés.

Mon ami est impassible et semble même un peu inquiet.

– Baptiste, peux-tu nous accorder une minute, s'il te plaît ?

– Ouais…

Je traîne Cléo à l'écart. Ma voix n'est qu'un murmure pour qu'elle ne soit pas entendue par Baptiste.

— Cléo, est-ce que c'est toi qui... ?

— Non. Je n'ai rien à voir là-dedans, me rassure-t-il. J'étais avec toi tout le temps.

— Mais alors...

— Ça peut être un accident tout bête. Le meuble était peut-être instable.

Je hoche la tête, pensive. Je reviens vers Baptiste, qui

n'ose toujours pas entrer.
Il reluque Cléo d'un œil
méfiant.

— Euh... tu te souviens de
Cléo, dis-je pour diminuer
la tension entre les deux
garçons. Tu peux entrer, il ne
te mangera pas.

— Non... mais je peux lui
faire très mal, menace Cléo
avec un sourire défiant.

– Je... euh... préfère rester dehors, affirme Baptiste, en soutenant le regard de Cléo.

Je sors pour rejoindre Baptiste sur le perron. Je m'assieds sur la première marche. Il m'imite et s'installe à au moins un mètre de moi. Cléo secoue la tête et nous suit, mais demeure debout entre nous deux, les bras croisés sur la

poitrine. Dans cette position
de « protecteur de Zoélie »,
il sera difficile à ignorer.
Il le faut pourtant, je dois
absolument avoir cette
discussion avec Baptiste.

– Alors, raconte-moi
comment ça s'est vraiment
passé.

Pas que je doute de Cléo...,
mais il y a quand même tout
ce temps où je dormais à

poings fermés.

Les fantômes ne dorment

pas. Cela lui donne beaucoup

de temps libre pour

commettre ses méfaits.

De plus, son évolution rapide

des derniers jours lui accorde

beaucoup plus de liberté

qu'auparavant.

– Je sais ce que tu vas dire,

commence Baptiste. Mais

cette étagère était solidement

installée et personne ne l'a bougée depuis des années. Qu'elle se soit écroulée comme ça, alors que personne n'était là pour la déplacer, ce n'est pas normal.

— Est-il possible que tes parents aient fait des travaux de rénovation dans la pièce à côté ? Ç'aurait pu faire bouger le mur et...

– Non, rien du genre !
m'interrompt Baptiste.
J'étais dans mon lit, ça m'a
réveillé.

Ah ! Il était couché !
À ce détail, je lance un petit
regard accusateur à Cléo.

– Alors, c'était en pleine
nuit. Tu dormais ?

– Oui. Vers minuit, dit
Baptiste.

— Quoi d'autre ?

— Ce qui est bizarre, c'est que depuis trois jours, il n'y avait plus rien d'anormal autour de moi. C'est comme si ce qui me voulait du mal s'était évaporé. Mais voilà que ces planches tombent sur moi au beau milieu de la nuit...

– Ce n'est pas moi !
s'exclame Cléo. Zoélie, je te
le jure !

Chapitre 14

Vérification spéciale

Cléo m'envoie son regard noir, mais je n'en démords pas. Il faut venir en aide à Baptiste. Même s'il m'a causé toute la peine de l'univers, il est peut-être en réel danger. Je ne peux pas le laisser se faire attaquer sans rien faire.

— Arrête de faire l'idiote, Zoélie, grince Cléo entre ses dents.

— Hé ! Je ne suis pas idiote !

— Alors, pourquoi agis-tu comme si tu l'étais ? Ce garçon est mauvais !

Je lève le menton pour le défier.

— Et comment le sais-tu ? Il s'est excusé, il est BLESSÉ, Cléo ! Je ne crois pas qu'il se serait infligé ces écorchures seulement pour me convaincre !

— Es-tu certaine que ce sont de vraies blessures ? Il aurait très bien pu mettre un pansement sans avoir une seule égratignure.

Son œil, c'est peut-être une tache de jus de betterave !

– Pourquoi aurais-je fait une chose pareille ? intervient Baptiste.

Je pince les lèvres, tout à coup remplie de doutes. Crotte de grenouille, Cléo a raison. De plus, ça peut être du maquillage d'Halloween. Je sais que, l'an dernier, Baptiste s'était déguisé en un zombie assez convaincant. C'est donc possible.

— Tu peux le prouver ?

— Bien sûr ! dit Baptiste avec énergie.

D'une main habile, il détache le ruban adhésif de son pansement blanc. Je fronce les sourcils pour regarder de près. Une entaille qui me semble très réelle marque sa peau.

– Je peux vérifier?

– Vas-y, m'invite Baptiste.
Je n'ai rien à cacher.

D'un mouvement délicat
de mon doigt, je frotte le bleu
sous son œil au beurre noir.
Ce n'est pas du maquillage.

Mes constatations faites,
je me retourne vers Cléo.

– Ce sont de vraies
blessures, dis-je.

– Je vous l'avais bien dit !
s'exclame Baptiste en roulant
les yeux au ciel.

Cléo soupire avec
impatience.

– D'accord, allons voir ce
qui se passe chez lui.

Mais promets-moi une chose, Zoélie...

– Je vais faire attention !

– Ne me demande pas de m'éloigner, ne m'empêche pas d'intervenir si jamais quelque chose de dangereux survient. J'ai ta parole ?

Je hoche la tête à contrecœur. Je préférerais garder Cléo à l'écart, si je le juge nécessaire. Il n'est pas

encore tout à fait habile, sans
compter que je n'aimerais
pas qu'il lui arrive quelque
chose qui le fasse se dissiper
pour Dieu seul sait combien
d'années !

— Est-ce que tu veux qu'on
aille chez toi pour essayer
de voir ce qui se passe
d'anormal ?

Ma question surprend
Baptiste. Son regard va de

Cléo à moi, pour ensuite revenir sur Cléo.

— Pour de vrai ? Tu veux m'aider ? demande-t-il, visiblement étonné.

— Oui. NOUS allons t'aider. Mais je t'avertis : si tu fais un seul geste de travers, tu vas le regretter.

— Je ne ferai rien pour trahir votre confiance, assure

Baptiste en nous regardant l'un et l'autre.

– Alors, guide-nous vers ta maison, Baptiste, ordonne Cléo.

Chapitre 15

Histoires de famille

La maison de Baptiste n'est pas loin. Situé au pied d'une montagne, le terrain est accidenté et en pente. Un énorme chien noir et blanc nous accueille. La bête doit faire deux

fois ma taille ! Voir Baptiste caresser son animal avec affection est bizarroïde.
Est-il donc en réalité un bon garçon qui se transformait en monstre juste pour moi ?

— Allô, ma Princesse,
dit-il au chien en le flattant. Calme-toi. Ce sont des amis. Voici Zoélie et Cléo.

Princesse se met à japper aux pieds de Cléo.

Lorsqu'elle se lève sur ses pattes arrière pour le sentir, je retiens ma respiration ! Que va-t-il se produire ? Baptiste essaie de lui saisir le collet pour l'écarter de Cléo, mais l'animal est plus rapide et tente de s'appuyer aux épaules du fantôme ! Juste avant qu'il n'entre en contact avec mon ami, je tire le bras de Baptiste pour qu'il ne soit pas témoin du résultat. OUF !

Juste à temps ! Il aurait pu avoir tout un choc !

– Cléo a peur des chiens, peux-tu l'éloigner de nous, s'il te plaît.

Mon ami me lance un regard agacé. Je viens de le faire passer pour un peureux ; je sais qu'il n'aime pas ça. Je hausse les épaules en souriant et il plisse les yeux.

— Je n'ai pas peur des
chiens, marmonne-t-il
sans que Baptiste puisse
l'entendre.

— Je sais, mais ce chien
allait dévoiler ton secret !

— Je n'aime pas passer
pour un froussard, quand
même ! La prochaine fois,
trouve autre chose...

— Shhhh ! Arrête de faire
le bébé !

Une fois le chien dans son enclos, je suis Baptiste à l'intérieur. Je suis à la fois apeurée et fébrile à l'idée de voir cette résidence ancienne d'un style très rustique. Cléo traîne un peu sur la pelouse, inspectant les environs avec attention.

– C'est beau, ici ! dis-je, sans retenir mon admiration.

– C'est la maison de mes ancêtres. Elle date de 1895. C'est l'une des premières dans le village. Mon aïeul était le maire, si j'en crois mes parents. La propriété est transmise de génération en génération, m'explique-t-il.

Les portes sont plus basses que celles des maisons modernes, les murs sont faits de lattes de bois, sûrement peintes cent fois depuis leur installation. Un vieux poêle trône dans la cuisine au milieu des meubles modernes.

Je suis chez Baptiste Biron. J'ai du mal à le croire.

Tout, dans cette demeure, est fascinant. Le plancher craque sous mes pas, et une odeur de vieille poussière semble flotter sur tout le rez-de-chaussée. Je longe le couloir. Des cadres de photos anciennes ornent le mur.

Je m'attarde, observant avec attention chaque visage aux coiffures démodées et aux moustaches hilarantes.

Puis, devant l'une des photos, mon cœur s'arrête. Je plisse les yeux pour être certaine de bien voir.
Un groupe d'enfants, petits et grands, visiblement très pauvres, puisque vêtus de haillons, sont alignés près

d'une femme d'une grande

beauté. La photo est vieille et

brunie par le temps, mais les

visages sont assez détaillés.

Parmi les enfants,

il y a une figure familière.

Des cheveux blonds, des

traits magnifiques avec

un voile de tristesse dans

le regard. Oh, mon Dieu !

C'est Cléo ! Voilà pourquoi

Baptiste avait l'impression de

le connaître ! Il a grandi avec sa photo sous les yeux !

– Cléo ! Cléoooo ! Viens voir !

Mais mon ami est encore à l'extérieur. Baptiste se retourne vers moi, alerté par mes cris.

– Qu'est-ce qu'il y a, Zoélie ? Tu as trouvé quelque chose ?

– Euh...

Comment expliquer ça à
Baptiste ? Je cherche mes
mots. Mon cœur bat très
fort. Je ne sais pas quoi faire.
Cléo est derrière la maison.
Pourquoi ne m'a-t-il pas
suivie à l'intérieur ?
Ne voulait-il pas me protéger
à tout prix ? Puis, j'entends
sa voix, aussi fébrile que la
mienne !

– Zoélie ! Viens voir ça !

L'appel de Cléo me permet d'éviter d'expliquer à Baptiste ce que je viens de découvrir. Nous n'hésitons pas une seule seconde et nous nous précipitons à l'extérieur. J'aperçois Cléo au fond de la cour. Wow, il y a des pierres tombales ! Elles paraissent anciennes.

– Vous avez un cimetière ?

Baptiste hausse les épaules.

– Ouais, c'est pour les membres de la famille.
Il existe depuis la construction de la maison. C'est cool, non ?

Cléo semble si énervé que j'accélère le pas jusqu'à courir. Lorsque j'arrive près de lui, il me pointe une pierre tombale.

– Qui était cette femme ?

Ma question semble difficile, Baptiste devient songeur.

– Je ne sais pas trop... Une arrière-arrière-grand-tante

ou quelque chose du genre. Selon les rumeurs dans la famille, c'était une folle.

La seconde suivante, une chauve-souris surgit de derrière la tombe et fonce droit sur nous ! Est-ce que c'est ça, la fameuse bestiole dont Baptiste parlait ?